PREMIÈRE PHILIPPIQUE.

AU ROI.

Imprimerie de David,
BOULEVART POISSONNIÈRE, N° 4 *bis*.

PREMIÈRE PHILIPPIQUE.

AU ROI,

PAR

N. Parfait,

AUTEUR DE LA RÉPLIQUE A BARTHÉLEMY.

L'histoire des rois est le martyrologe des peuples.
L'Abbé Grégoire.

PARIS,

AU PALAIS-ROYAL;

ET CHEZ L'AUTEUR, RUE MAZARINE, N° 57;

NOVEMBRE 1832.

Prologue.

Cancres, hères et pauvres diables.

LAFONTAINE.

Malheureux Peuple! malheureux Roi!!!..

Peuple malheureux par son Roi, et Roi malheureux par son Peuple!

Donc incompatibilité.

Incompatibilité, parce que l'un veut bâtir sur le sable et l'autre tailler dans le roc ; incompâtibilité, parce que le Roi a ses hommes et que le Peuple a les siens ; incompatibilité, enfin, parce que le Peuple veut être Peuple et que le Roi veut être Roi !

Qui cèdera ?... Le passé répond.

Si la monarchie a ses Septimius et ses Peyronnet ; le Peuple a ses Gracques et ses Mirabeau ; cent mille Mucius sont prêts à tremper leurs mains dans les brâsiers de Porcenna pour assurer la liberté de Rome !

La Grèce fut perdue dès qu'elle livra le manîment des affaires aux Guizot de ce tems ; ces rhéteurs efféminés vendaient leur patrie.

Que prétendez-vous donc faire de ces hommes Carlistes d'hier, Juste-Milieu d'aujourd'hui, et demain Républicains, si République il y a?...

Où nous mèneront-ils ces eunuques politiques? bâtards sans système qui n'ont point de passé sans flétrissure, point d'avenir qu'ils n'aient déjà souillé par avance! ilotes qui vous parlent à chaque instant de liberté, lorsqu'ils sont eux-mêmes dans les étreintes de l'esclavage!

On leur désigne leur route comme à des enfans, et, sans examiner qu'elle conduit à l'abîme où ont été se perdre les talens et la réputation de l'homme qui vient de mourir, ils la suivent: ils la suivent plutôt par entêtement bizarre que par désir de l'intérêt public: ce sont de ces êtres qui veulent remonter le fleuve et lutter contre le courant, non pas même par bravoure; mais, bien plutôt, par fanfaronnade, par caprice, par boutade, en un mot, et c'est le plus vrai, par ineptie.

Laissez-les aller ; ne vous avisez pas de leur donner des conseils, ils vous rient au nez! ne leur montrez pas le danger auquel ils s'exposent, ils vous crachent au visage! si vous poursuivez malgré leurs insultes, à bas le bonnet rouge, crieront-ils! a bas 93! à bas le sans-culotte! c'est un Marat! heureux encore si vous en êtes quittes pour ces injurieuses calomnies!

C'est là leur raisonnement : et peu d'hommes sensés le comprennent ; aussi se plaignent-ils qu'on ne pénètre pas leurs intentions.

Oh! leurs intentions, de grâce ne les pénétrez pas ; les faits parlent assez haut : vous découvririez peut-être trop de noirceurs; ne leur cherchez pas d'autres crimes. Quand ils en auront comblé la mesure, alors ils sentiront la vérité de ces paroles:

Malheureux Peuple! Malheureux Roi !!!...

. . . . . . Pour changer cette route indécise
Ne provoquent-ils pas une suprême crise?..
Un de ces coups-d'état, commandés par les droits,
Dont le Peuple tardif épouvante les Rois?...
Oui; quand vingt mois entiers on implore, on adjure,
Malgré les pleurs, les cris, quand un pouvoir parjure
S'enfonce obstinément dans le fangeux sentier,
Il provoque sa chûte; et le pays entier,
Pour la précipiter, doit se lever en masse!!!...

Réplique à Barthélemy.

Eh bien! ils tomberont ces amans de la nuit!...
La force comprimée est celle qui détruit!
C'est quand il est captif dans un nuage sombre
    Que le tonnerre éclate et luit,
Et la chûte est facile à qui marche dans l'ombre!....

C. DELAVIGNE.

AU ROI,

Roi né du grand Juillet et de la Liberté!
Roi qu'après tant de Rois le sort nous a jeté,
C'est à toi qu'on aveugle, à toi que je m'adresse!
Que mon vers, sous tes yeux, comme un flambeau se dresse;
Qu'allumé devant toi son feu rapide et clair,
A travers ton bandeau, luise comme un éclair!
Puisse ma faible voix, que le danger réveille,
Echo de la Patrie, aller à ton oreille!

J'ose, simple Poète, à toi, Dieu du pouvoir,
Sur le bord de l'abîme, imposer un devoir;
Interprête fervent des douleurs de la France,
J'ose entonner, pour elle, une hymne de souffrance;
Heureux, s'il m'est donné de pouvoir prévenir
Le deuil qu'un doigt fatal marque dans l'avenir!
Roi! j'atteindrai ce but, quelques maux qu'il m'en coûte!
Condamne mes leçons, *frappe-moi; mais écoute!...*
Tout mon sang! pour payer mon vers audacieux!
Tout mon sang! mais qu'au moins ce vers t'ouvre les yeux!

Quoi! n'est-ce point assez de deux ans de tempêtes?
Faut-il que l'ouragan gronde encor sur nos têtes?...
Déplorables jouets d'un destin orageux,
Serons-nous froissés tous en ses horribles jeux?
Hélas! et nos Trois-Jours devaient-ils faire éclore
Ces dates de malheur que la France déplore?...

Oh! Prince, qnand Paris sonnait le glas des rois,
Quand tu vins parmi nous au dernier jour des Trois,
Notre horison, pourtant, se dorait d'espérance!
Quelle main frauduleuse a donc souillé la France?
La France alors si pure avec ses trois couleurs,
La France qui riait en essuyant ses pleurs!
Palpitante de gloire et rêvant un autre âge,
Elle se relevait, plus belle, après l'outrage!
Pour retremper le monde au feu de son canon,
Il lui manquait un chef... On murmura ton nom...
Le peuple le croyait glorieux, car l'histoire
L'associait deux fois au nom d'une victoire :
Que te dirai-je encor?... Pleins de ce souvenir,
Il nous semblait qu'en toi reposait l'avenir...
N'avons-nous donc rêvé qu'une folle chimère?
Était-ce, à l'horizon, un mirage éphémère?
Oh! s'il en est ainsi, point de pleurs, point de deuil,
La vengeance bientôt sortira du cercueil!!!

Quand, prompte à renouer tous les fils de la trame,
Ta main dispensatrice, au fabuleux Programme,
Nous eut prédit la gloire avec la liberté,
Prince, *quoique Bourbon*, nous t'avons accepté;
Roi, quels chagrins, depuis, ont rongé la Patrie!
Que de fois, par la honte, a-t-elle été flétrie
Cette vierge qu'on vit si fière après Juillet!...
Oh! si l'on t'a voilé ce douloureux feuillet,
Frémis! mais ne crois pas que, poussé par la haine,
Je veuille t'immoler au parti qui m'enchaîne;
Non, je ne verse point de fiel en cet écrit;
Un rayon trop limpide éclaire mon esprit,
Loin de te condamner, Prince, je me récuse:
Ce sont tes conseillers, ce sont eux que j'accuse,
Eux qui t'ont fait coupable!... Ecoute, écoute bien!
Cette page d'histoire est leur crime et le tien!

La lave du volcan, qui brûle encor la terre,
A peine tiédissait au foyer du cratère,
Que déjà des Trois-Jours méconnaissant les fruits,
Le Pouvoir, contempteur de nos rêves détruits,
Semblait s'épanouir à désoler nos veilles;
Nos Tribuns, oublieux des récentes merveilles,
Trahissaient leur mandat, et, d'un bras amolli,
Cherchaient à rebâtir le trône démoli:
Législateurs bâtards de la nouvelle Sparte,
Ils ont borné leur gloire à replâtrer sa Charte,
Sans pouvoir enfanter, après deux ans d'efforts,
Rien, que des lois de peur, des avortons nés morts.
Mais que nous aurait fait leur crainte chicanière,
Que nous eût importé de les voir dans l'ornière,
Si, de notre dix-août, l'immaculé Soleil,
Aux Peuples assoupis annonçant leur réveil,
Eût lui, pour éclairer le jour des représailles,
Si notre Coq-Gaulois, Méduse des batailles,

S'offrant, comme la foudre, aux yeux des rois tremblans,
Les eût pétrifiés sur leurs trônes croûlans!...

Quand les Collot-d'Herbois, tout fièvreux de rancune
Épouvantaient Paris et souillaient la tribune,
Quand la France, plongée en une sainte horreur,
Abreuvait ces bourreaux au sang de la Terreur,
De nos guerriers, du moins, l'honneur expiatoire,
Lavait les jours de deuil par des jours de victoire,
Et le Peuple-géant, oubliant son affront,
Marchait les pieds fangeux, mais l'auréole au front!...

Et nous, qu'avons-nous fait pour cacher notre honte?
O Roi! des jours maudits qui nous a tenu compte?
Quel Roland, quel Danton, jaloux de nous venger,
Quel ministre, à ses pieds, fit tomber l'étranger?.....

Tous les *hauts* souverains, despotiques pygmées,
Ont-ils été broyés sous nos *quatorze* armées?
Non, Juillet n'a trouvé, pour payer le mépris,
Qu'un infamant Milieu, qu'une Paix à tout prix!

En vain, de ses enfans hâtant la délivrance,
La fougueuse Belgique, au beau ciel de la France,
Cherchait un astre frère...hélas! sur l'horison,
D'un feu mourant, déjà flottait l'exhalaison!
Indolens spectateurs du meurtre des victimes,
Il nous fallut, honteux, voir leurs efforts sublimes;
Puis, quand fut abattu le tyran hollandais,
Qui mit-on sur leur trône?... Un mannequin anglais!!..
Tout se levait pourtant: et l'Espagne avilie,
Et la noble Pologne et la vieille Italie.
Eh bien! le Despotisme, à son étroit compas,
Des peuples soulevés a rétréci les pas:

Tous ont courbé leur front sous les fourches-caudines !
Tous... oh! non, non ; l'un d'eux, debout sur ses ruines,
N'a point livré sa tête au joug d'un oppresseur !
Non, tu n'es pas flétrie, ô magnanime sœur !
Oh ! toi que nous aimons, Pologne sans rivale !
Le Baskir t'a foulée aux pieds de sa cavale,
Le Colosse du Nord, dans ses bras étouffans,
Dix mois a torturé tes généreux enfans ;
Dix mois il a baigné tes champs dans le carnage ;
Mais, sur la mer de sang, le débris qui surnage,
Pour émousser le dard d'un poignant souvenir,
Rêve des jours meilleurs et croit à l'avenir !
Il croit à l'avenir ! car son aigle proscrite
Est remontée aux cieux que l'espérance habite ;
Car, pour venger ses fils, après le triste adieu,
Elle a remis son foudre entre les mains de Dieu !...

Oh! si j'ouvrais ici nos pages d'agonies,
Si, traînant le pouvoir aux saintes gémonies,
J'exhumais, jour par jour, son règne flétrissant;
O Roi! tu frémirais... ta couronne a du sang!...
Mais non, je ne veux point réveiller dans la tombe,
Les généreux martyrs de la grande hécatombe;
Laissons, laissons en paix leurs mânes outragés,
Un tribunal sans haine au ciel les a jugés!
Ce que veut buriner ma plume prophétique,
Le voici, pèse bien l'oracle poétique:
Philippe-d'Orléans! le gouffre est sous tes pas,
Jette un regard dans l'ombre avant d'être plus bas...
Vois l'abîme! il est temps... la France qui se lasse,
De ton règne à ta chûte a mesuré l'espace!
Vouloir prendre un milieu serait soins superflus;
Il ne reste qu'un choix d'être ou de n'être plus!!...

Chasse ces courtisans qui, tombés dans l'ornière,
Au politique char s'attèlent par derrière,
Et qui veulent, ployant sous un poids surhumain,
Comme d'autres Atlas, poursuivre leur chemin!
Quoi! pour fermer de Juin la plaie encor saignante,
Pour effacer les jours de mémoire poignante,
Qu'a semés la discorde au livre de nos deuils,
Pour rendre à l'ennemi de foudroyans accueils,
Et planter l'étendard, sur qui l'orage gronde,
Comme un phare de gloire, aux deux pôles du monde,
Pour rajeunir enfin notre vieil univers
En proclamant les droits de cent peuples divers,
Roi! tu nous as donné des hommes au cœur lâche,
Ministres nonchalans qu'épouvante leur tâche,
Tribuns qui, parvenus au faîte du pouvoir,
Ferment obstinément les yeux pour ne plus voir!...
Aussi le peuple entier, qu'un seul désir anime,
Proteste-t-il contr'eux d'une voix unanime!

Eh! quand d'un même accord, tous nous les condamnons
Dois-je, en un vers sanglant, stigmatiser leurs noms ?...
L'anathême est comblé, quand la face ennemie
Porte gravé ce mot, ce mot seul : *Infamie* ! ! !..

Mais, toi qui fus instruit aux leçons du passé,
D'Orléans ! dans le poste où le sort t'a placé,
Songe, songe aux malheurs de ta famille entière,
Proscrite, et mendiant, de frontière en frontière,
Un sceptre que le sang a tant de fois souillé !
Souviens-toi bien surtout, quand il a ses Bouillé,
Quel trône, quelle pourpre et quelle sépulture
Réservent *ses sujets* au monarque parjure !
Et sache qu'au forum, où tinte le beffroi,
Le peuple sait trancher l'éternité d'un roi !...

. . . .

. . . .

. . . .

. . . .

Prends garde à toi! prends garde! elle aussi veut son trône
La Fille des faubourgs, la terrible patronne!
C'est en voulant heurter ce vivace géant
Que le Bourbon déchu rencontra le néant!
L'insensé! qui croyait son règne impérissable!
Qui prit pour du granit ce qui n'était que sable!
Aveugle, il s'écriait : *Je trône sur le roc;*
Saint-Cloud ne viendra pas se briser à Saint-Roch!..
Imbécille vieillard! un rayon tricolore
Le frappa de vertige à sa troisième aurore;
Il s'était fait roi sourd; mais le remords fut prompt,
Et, seul, il s'en alla, comme les rois s'en vont...
Oh! prends garde, Philippe! il dut à ses ministres
Et ses nuits d'insomnie et ses rêves sinistres :
Tes conseillers, à toi, Prince, je les maudis;
Ils rêvent le Huit-Août d'un nouveau Charles-Dix...

J'ai dit : le feu sacré, qui bouillait dans mon âme,
A dévoré mon vers de sa brûlante flamme;
Peut-être le torrent l'a-t-il trop inondé,
Et, sans doute, mon œil par la crainte guidé
A prévu trop de maux à l'horison de brume;
Mais, lorsqu'autour de nous, le cratère qui fume,
Ainsi qu'un voile épais, étend la cécité,
Quand un morne brouillard flotte sur la cité,
La cité des plaisirs, que ronge la tempête,
Quand le gai citadin quitte l'habit de fête
Et qu'on entend gronder comme un bruit souterrain,
La voix, la grande voix d'un volcan souverain,
Le citoyen hardi, qu'émeut un saint courage,
Doit-il brûler l'encens pour conjurer l'orage?...
Doit-il, le cœur gonflé, les yeux mouillés de pleurs,
Sur les pas de son roi semer toujours des fleurs?...
Non, non, plus de retard; c'est l'instant de tout dire,
C'est l'instant d'accuser, c'est l'instant de maudire!

Qu'importe alors s'il froisse, en s'armant de la loi,
La tête d'un ministre ou la tête d'un roi,
Il sait qu'avec orgueil la France le regarde,
Quand il s'adresse au prince et qu'il lui dit: *Prends garde!*
Il sait qu'à la patrie en payant ce tribut,
La liberté le guide et l'honneur est son but!
Qu'il frappe donc un homme ou flétrisse un système,
Il reste dans son droit, dans son droit d'anathème,
Et, dût-il, en sa lutte, atteindre l'amitié,
Si le devoir l'ordonne, il le fait sans pitié!

C'est peu que sur un corps, rongé par la gangrène,
En effleurant la peau, le scalpel se promène:
Il incise, et, partout où s'étend le cancer,
Pour extirper le mal, il doit couper la chair!

Or, si tu n'entres, Roi, dans un chemin plus sage,
Voici l'arrêt dernier que ma voix te présage ;
Ouïs la vérité ; n'entrave point mes pas,
Je te l'ai dit, j'accuse et ne condamne pas :

Le peuple est patient : sa vengeance est tardive,
Et son bras, pour punir, attend la récidive,
Ses émeutes, en vain, tombent douze fois l'an,
Rien ne peut comprimer son énergique élan,
Et, quand l'heure est sonnée, il rend avec usure,
Il centuple les maux qu'un siècle lui mesure !
Un jour, beau de colère et de rebellion,
Bondira, dans Paris, ce sublime lion,
Le peuple ! il reviendra, tout pantelant de haine,
Ressusciter Juillet sur la sanglante arène !
Oui, nous le reverrons venir les yeux ardens,
La foudre dans la main et le salpêtre aux dents ;

Nous entendrons mugir son imposant organe,
De ses rangs décuplés jailliront d'autres Jeanne,
D'autres hommes d'airain, d'autres cœurs généreux,
Qui seront nos vengeurs... mais vengeurs plus heureux!
Arrière, alors, arrière! hommes de calomnie!
Il réglera son fiel à votre ignominie!
Déchirés de sa main, vos masques tomberont
Et son doigt incisif marquera votre front...

Son rêve cette fois ne sera plus un rêve :
Enfanté dans le sang, circoncis par le glaive,
Le fruit de son travail, tant de fois avorté,
Sera par son parrain baptisé : Liberté !

Paris, 10 *Novembre* 1832.

Épilogue.

Pour flétrir dignement le ministère du 11 octobre, et pour ouvrir les yeux du Roi qu'on aveugle (j'aime encore à le croire) avec une si arrogante impunité, je m'étais d'abord arrêté à l'idée d'un poëme, où les héros ne m'auraient pas manqué; j'aurais habillé mes personnages de leurs turpitudes; mais cet ouvrage, de trop longue haleine, m'effraya et, sans pourtant y renoncer, je laissai mon projet inachevé, pour entreprendre la *Philippique* que je livre aujourd'hi au public; je compte la faire suivre de beaucoup d'autres, s'il plaît à Dieu et à MM. du Parquet.

Dans ces tems de malheur et de désolation, quand tout se corrompt, quand des écrivains, qui nous faisaient espérer une lutte courageuse entre leur muse et le pouvoir, se vendent lâchement au poids de l'or, abandonnent, en Judas, la cause sacrée de la patrie, c'est un devoir pour les poètes qui en ont le courage, de prendre les places vides, que ces grands déserteurs ont laissées dans les rangs littéraires; c'est un devoir sacré, que l'honneur leur impose, de se réunir, comme un faisceau, pour faire oublier la défection des traîtres.

Pour moi, je prends ici l'engagement formel de me réunir à mes amis politiqnes, et de lutter constamment avec eux contre toute oppression.

Je leur apporte, il est vrai, un jeune et bien faible talent; mais leur expérience me secondera; moi chétif écrivain qui touche à peine à mes dix-neuf ans.

Les coups que je porterai, s'ils manquent de génie, n'en seront pas moins accablans, car ils partiront d'une main ferme et qu'un contact impur n'a jamais souillée et ne souillera jamais.

D'ailleurs si, pour combattre, il ne faut qu'une cuirasse de liberté, je serai fort.

Qu'on encourage ma jeune audace et je sens là que je grandirai vîte!

N. Parfait.

SOUS PRESSE.

POUR PARAITRE INCESSAMMENT :

DEUXIÈME PHILIPPIQUE,

AU PEUPLE.

Poème,

PAR LE MÊME AUTEUR.

DEUXIÈME PHILIPPIQUE.

AU PEUPLE.

Paris, Imprimerie d'Aug MIE, rue Joquelet, n. 9.

www.ingramcontent.com/pod-product-compliance
Ingram Content Group UK Ltd.
Pitfield, Milton Keynes, MK11 3LW, UK
UKHW032025260826
14628UKWH00006B/2724

9 782013 078948